Chroniques de la Lune Noire

8 : Le Glaive de justice

PONTET   FROIDEVAL

Chroniques de la Lune Noire

8 : Le Glaive de justice

COUVERTURE : OLIVIER LEDROIT

COULEUR : ISABELLE MERLET

DARGAUD

PARIS • BARCELONE • BRUXELLES • LAUSANNE • LONDRES • MONTREAL • NEW YORK • STUTTGART www.dargaud.com

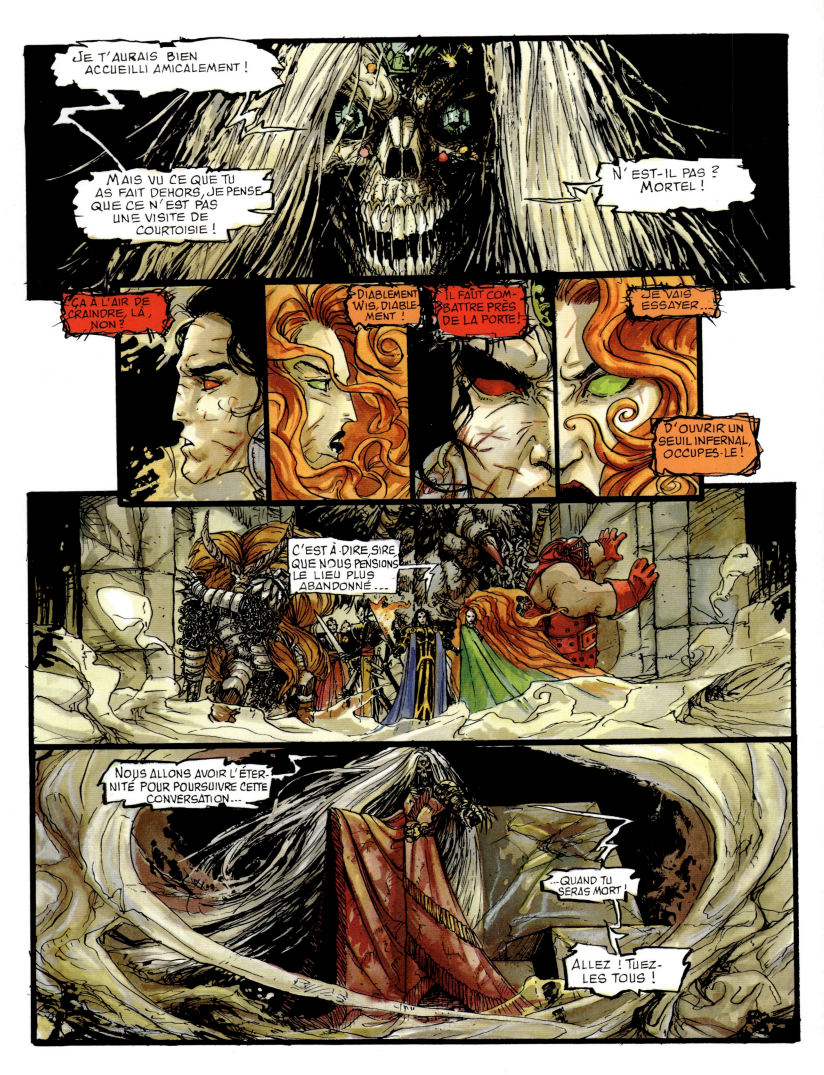

14

YEEEEEEEEEEE!

ON EST RICHES!

UNE VRAIE MER D'OR!

JAMAIS VU AUTANT D'ARGENT!

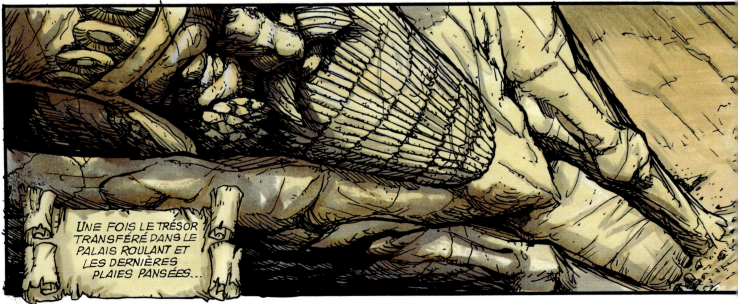

UNE FOIS LE TRÉSOR TRANSFÉRÉ DANS LE PALAIS ROULANT ET LES DERNIÈRES PLAIES PANSÉES...

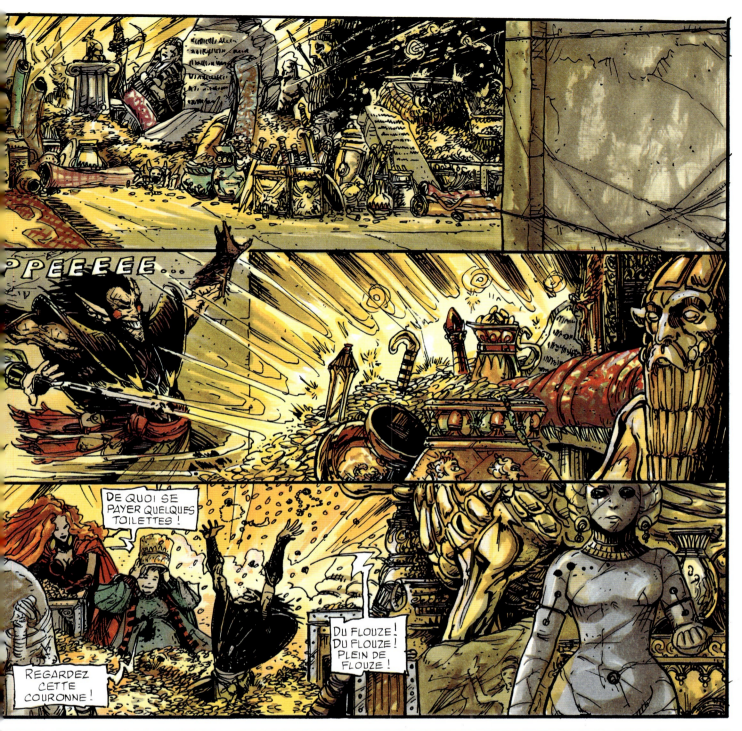

REGARDEZ CETTE COURONNE !

DE QUOI SE PAYER QUELQUES TOILETTES !

DU FLOUZE ! DU FLOUZE ! PLEIN DE FLOUZE !

WISMERHILL ET SON ARMÉE RETOURNÈRENT À MOORK.

PENDANT CE TEMPS, À SYSIGIE, UN AUTRE CONSEIL SE TENAIT...

MES FRÈRES, MES PÈRES, IL SE PASSE DES CHOSES GRAVES.

EST-CE EN RAPPORT AVEC NORTHIND ?

TOUT À FAIT ! QUE PENSEZ-VOUS FAIRE, COMMANDEUR ?

OUI, IL EST TRÈS GRAVE QUE CET ORDRE RELIGIEUX SE SOIT DRESSÉ CONTRE L'EMPIRE !

SI L'EMPEREUR ESTIME QUE LES ORDRES DEVIENNENT UN DANGER, ALORS, IL LES ABATTRA !

C'EST VRAI, MON FILS, IL Y VA DE LA SURVIE DE NOTRE ORDRE.

AINSI QUE CELLE DE NOS KRAKS ET DE NOTRE PRINCIPAUTÉ ALORS...

NOUS ALLONS ATTAQUER ET PRENDRE ALTENBERG !

ALTENBERG ??? MAIS !!!!

NULLE CITADELLE N'EST INVINCIBLE ! ET SI NOUS NE POUVONS LA PRENDRE, AVEC L'AIDE DE DIEU J'ABATTRAI SES MURAILLES ET NOUS NE LAISSERONS DERRIÈRE NOUS QU'UN TAS DE PIERRES !

AMEN !

ALLEZ, MES FRÈRES ! QUE NOS TROUPES SE METTENT EN MARCHE !!!

A LA VUE DE LA TITANESQUE FORTERESSE, LE CŒUR DE PARSIFAL SE SERRA ET IL NE FUT PLUS SI SÛR DE LA VICTOIRE.

OH MON DIEU ! QUELLE VISION !

ET TANDIS QU'IL PRIAIT POUR OBTENIR L'AIDE DE DIEU, UNE VISITE LUI FUT ANNONCÉE.

COMMANDEUR, L'ARCHI-PRÊTRE DE LA LUMIÈRE EST ICI ET SOUHAITE VOUS PARLER.

BIEN, JE VAIS LE RECEVOIR.

DIEU SOIT AVEC VOUS, COMMANDEUR !

VOUS ÊTES ICI POUR NOUS ATTAQUER, COMMANDEUR ? MAIS POURQUOI ? NOUS SERVONS LE MÊME DIEU !

CERTES, MAIS PAS DE LA MÊME MANIÈRE !

QUE VEUX-TU DIRE, MON FILS ?

ET AVEC VOTRE ESPRIT TRÈS VÉNÉRABLE. JE VOUS EN PRIE, ASSEYEZ VOUS !

VOUS AVEZ ATTAQUÉ L'EMPIRE ET DÉCLENCHÉ UNE GUERRE QUI VA NOUS BALAYER !

JE NE COMPRENDS PAS !

MAIS FRATUS M'A CERTIFIÉ QUE C'ÉTAIT NÉCESSAIRE, QU'IL ÉTAIT OBLIGÉ !

POUR SA QUÊTE DU POUVOIR, CERTES. MAIS POUR NOS ORDRES, NON, Ô COMBIEN !

FRATUS M'AURAIT MENTI ?

VOUS PASSEZ TROP DE TEMPS EN PRIÈRE, VÉNÉRABLE, FRATUS EST CORROMPU ET A NOMMÉ MAÎTRES DES INDIVIDUS PEU RECOMMANDABLES !

MON FILS, JE SAIS TON CŒUR PUR, MAIS JE DOUTE ENCORE. PUISSÉ-JE LIRE DANT TON ÂME ET VOIR SI LA VÉRITÉ COULE DE TES LÈVRES.

FAITES, VÉNÉRABLE, SI CELA PEUT SAUVER DES VIES, FAITES !

QUE CELA SOIT ALORS, MON FILS !

TU NE MENS PAS, C'EST TERRIBLE !

OH MON DIEU ! IL NOUS A DÉSHONORÉS DANS LA DERNIÈRE GUERRE !

IL M'A BERNÉ, PARSIFAL. CŒUR DE LA LOI, RELÈVE-TOI.

PARDONNE À UN VIEILLARD D'AVOIR ÉTÉ AVEUGLE !

ALLONS, VÉNÉRABLE, VOUS N'Y ÊTES POUR RIEN. VOTRE SEULE FAIBLESSE...

A ÉTÉ D'ACCORDER VOTRE CONFIANCE À QUELQU'UN QUI NE MÉRITAIT PAS CET HONNEUR.

COMMENT POUVONS-NOUS RÉGLER CETTE TERRIBLE CRISE ? IL NE FAUT PAS QUE DES HOMMES MEURENT AUJOURD'HUI À CAUSE DE FRATUS !

CERTES, MAIS JE NE PEUX PAS LAISSER NOTRE FOI ÊTRE DÉSHONORÉE, VÉNÉRABLE.

OUI, ET DE SURCROÎT, QUOI QUE TU FASSES, LA RÉACTION DE L'EMPEREUR SERA TERRIBLE. ET MÊME SI FRATUS GAGNE LA BATAILLE, LA PLUPART DES GRANDS NOBLES NE LE SUIVRONT PAS, CE SERA LA FIN DE L'EMPIRE, LE CHAOS !

TOUT À FAIT, C'EST POURQUOI JE DOIS PRENDRE ALTENBERG ! VÉNÉRABLE, JE SUIS DÉSOLÉ.

COMMANDEUR, ACCEPTERIEZ-VOUS DE VENIR AVEC MOI, SEUL À ALTENBERG ? JE VOUS PROMETS LA VIE SAUVE.

SI CELA PEUT SAUVER DES VIES, J'ACCEPTE. MAIS ÊTES-VOUS SÛR DES RÉACTIONS DE VOS MAÎTRES ?

NON, MAIS C'EST UN RISQUE À PRENDRE, COMMANDEUR !

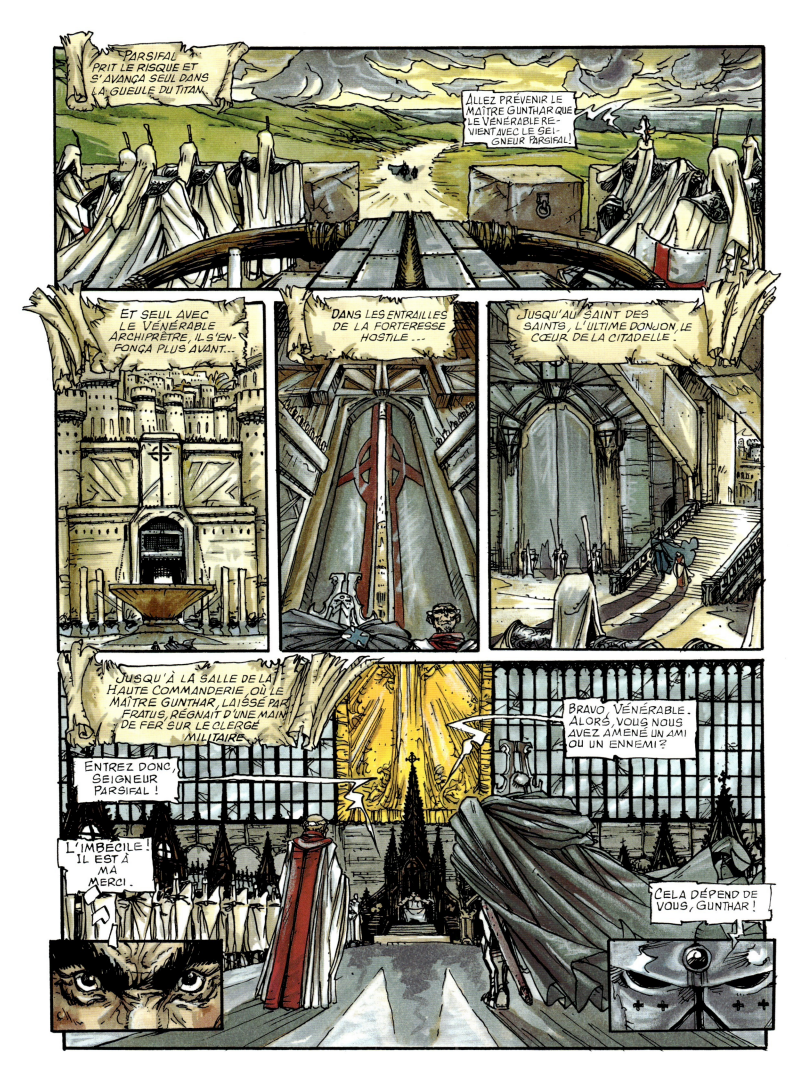

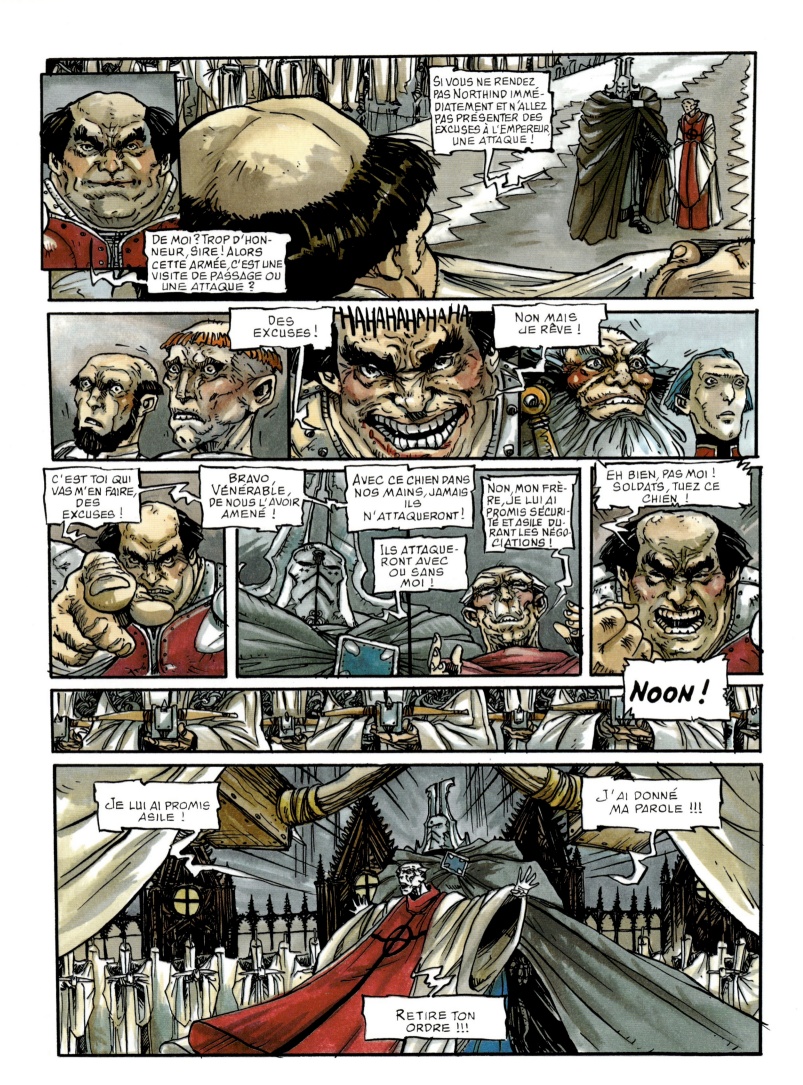

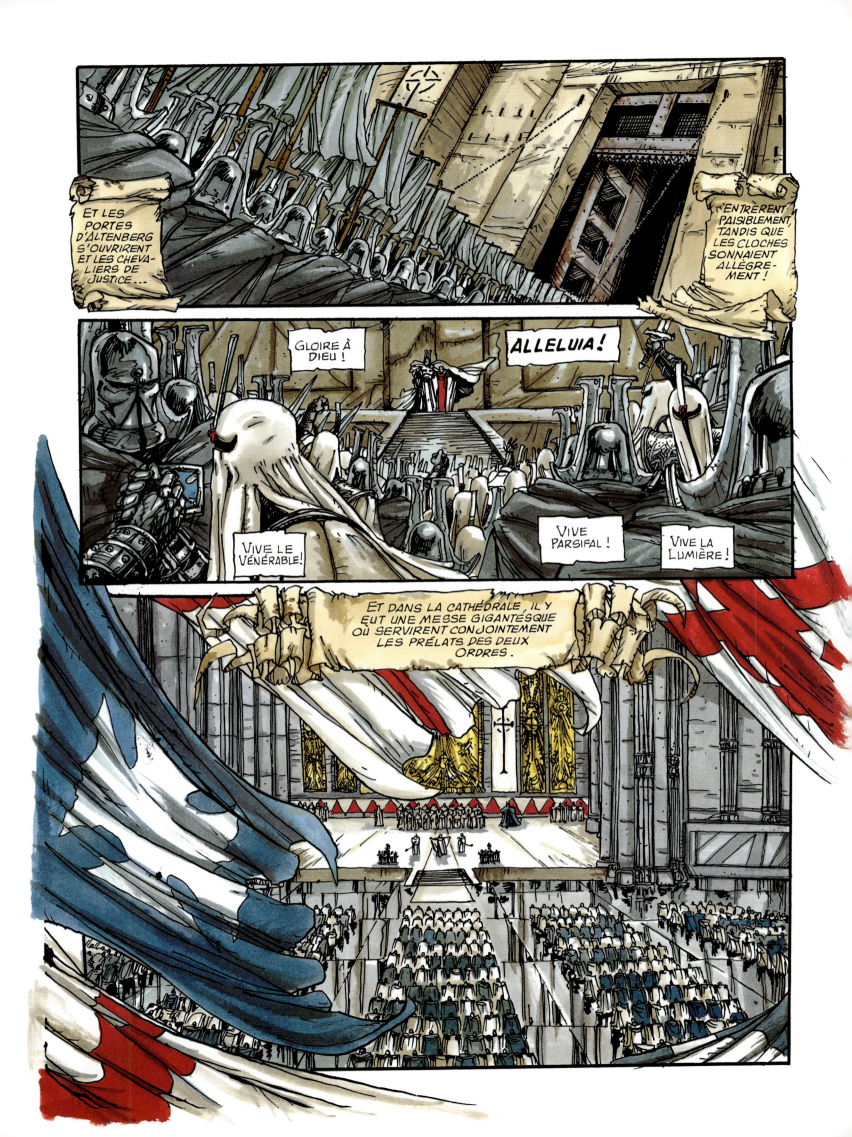

DES SORTILÈGES CLÉRICAUX FURENT JETÉS SUR LES MEMBRES DE L'ORDRE SUSPECTÉS DE TRAHISON ET UN GRAND NOMBRE FUT RECONNU COUPABLE.

ENSUITE, UN HAUT CONSEIL S'ÉTAIT TENU, ET À SON ISSUE...

VOILÀ, MON CHER FILS. ES-TU SATISFAIT?

OUI, VÉNÉRABLE, JE RENDS HOMMAGE À VOTRE SAGESSE...

MAINTENANT, VA! NOTRE ESPOIR EST ENTRE TES MAINS.

S'IL Y EN A PARMI VOUS QUI FONT ACTE DE CONTRITION, QU'ILS S'AVANCENT!

AINSI PARTIT D'ALTENBERG UNE GRANDE ARMÉE DE PREUX DES DEUX ORDRES QUI MARCHA VERS NORTHIND.

ET CEUX QUI NE S'AMENDÈRENT PAS SINCÈREMENT FURENT PROMPTEMENT EXÉCUTÉS!

DIRIGÉE PAR PARSIFAL CŒUR DE LA LOI.

INCONSCIENTS DES SOMBRES ACTIVITÉS DE FRATUS, LES SOLDATS DE LA LUMIÈRE DORMAIENT...

DU SOMMEIL DU JUSTE, LORSQUE SOUDAIN !

TOUS CEUX QUI AVAIENT LE CŒUR PUR ET ÉTAIENT DES JUSTES FIRENT LE MÊME RÊVE.

SOLDAT, FRÈRE, ADORATEUR DE LA GLOIRE DE DIEU ! ON T'A MENTI ! TON COMBAT N'EST PAS JUSTE. LÈVE-TOI, QUITTE SUR-LE-CHAMP CET ENDROIT ET MARCHE VERS L'OUEST !

A LA RENCONTRE DE TES FRÈRES DONT LE CŒUR EST PUR. LÈVE-TOI, PRENDS TES AFFAIRES ET PARS SANS UN MOT, SANS UN REGARD ET TU SERAS SAUVÉ !

ET, LES YEUX ENCORE EMBUÉS DU RÊVE MERVEILLEUX ET DE L'APPARITION, LES SOLDATS SE LEVÈRENT ET MARCHÈRENT.

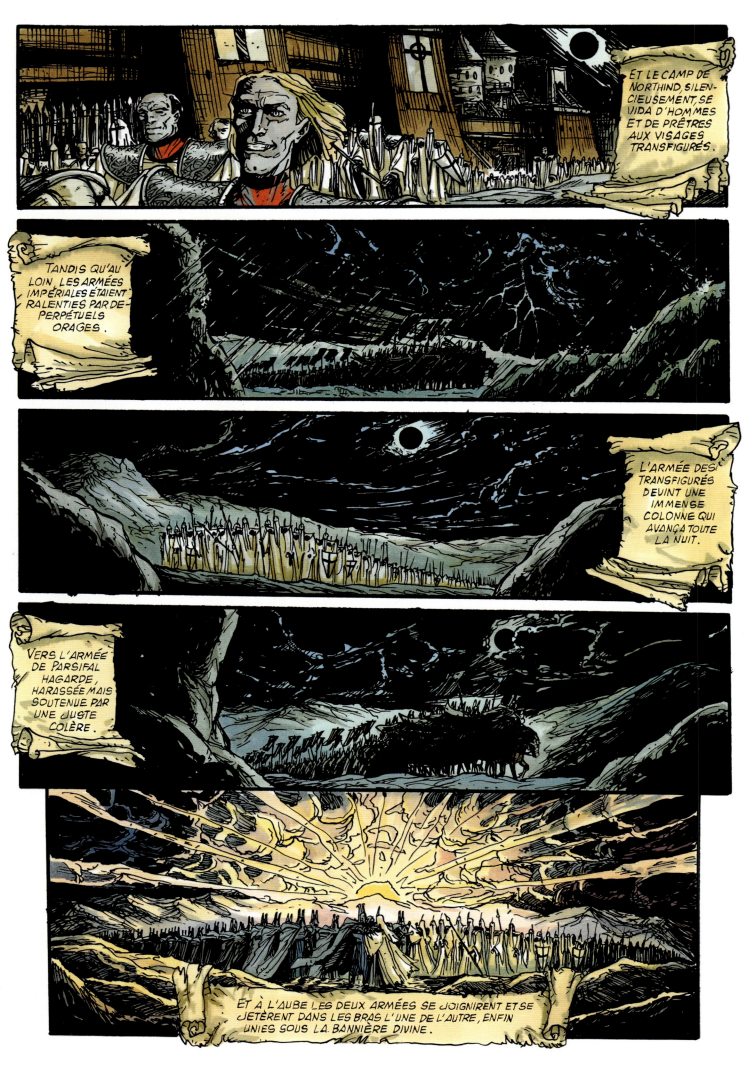

ET LE CAMP DE NORTHIND, SILENCIEUSEMENT, SE VIDA D'HOMMES ET DE PRÊTRES AUX VISAGES TRANSFIGURÉS.

TANDIS QU'AU LOIN, LES ARMÉES IMPÉRIALES ÉTAIENT RALENTIES PAR DE PERPÉTUELS ORAGES.

L'ARMÉE DES TRANSFIGURÉS DEVINT UNE IMMENSE COLONNE QUI AVANÇA TOUTE LA NUIT.

VERS L'ARMÉE DE PARSIFAL HAGARDE, HARASSÉE MAIS SOUTENUE PAR UNE JUSTE COLÈRE.

ET À L'AUBE LES DEUX ARMÉES SE JOIGNIRENT ET SE JETÈRENT DANS LES BRAS L'UNE DE L'AUTRE, ENFIN UNIES SOUS LA BANNIÈRE DIVINE.

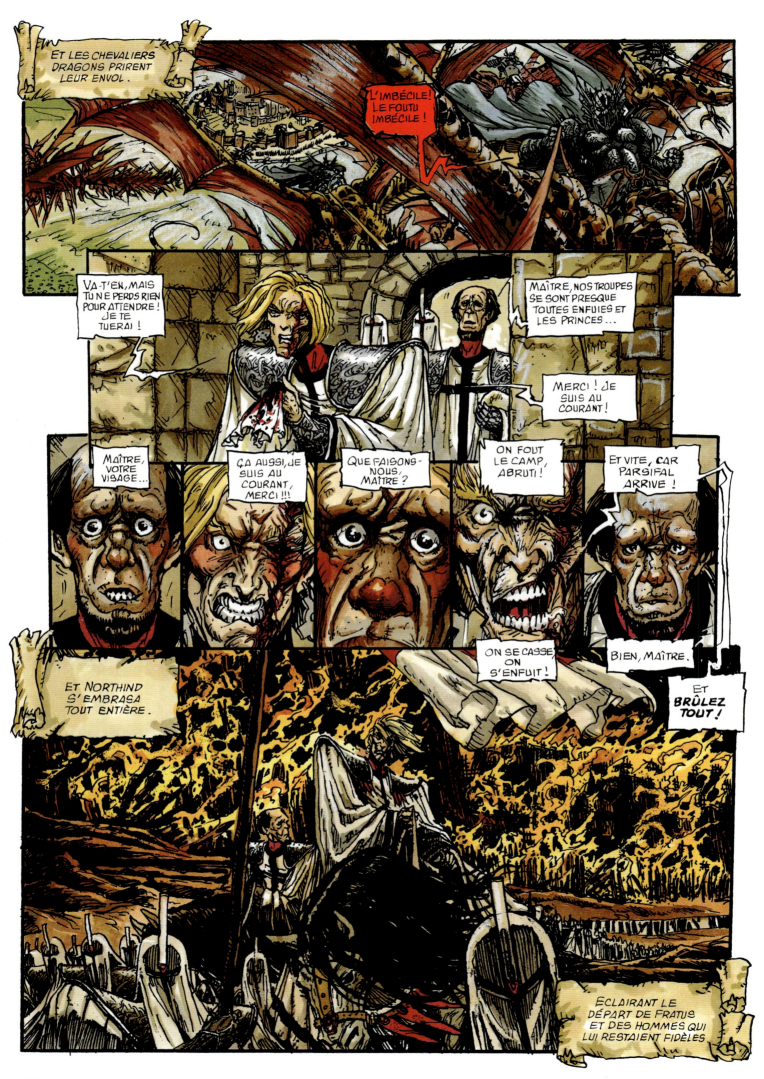

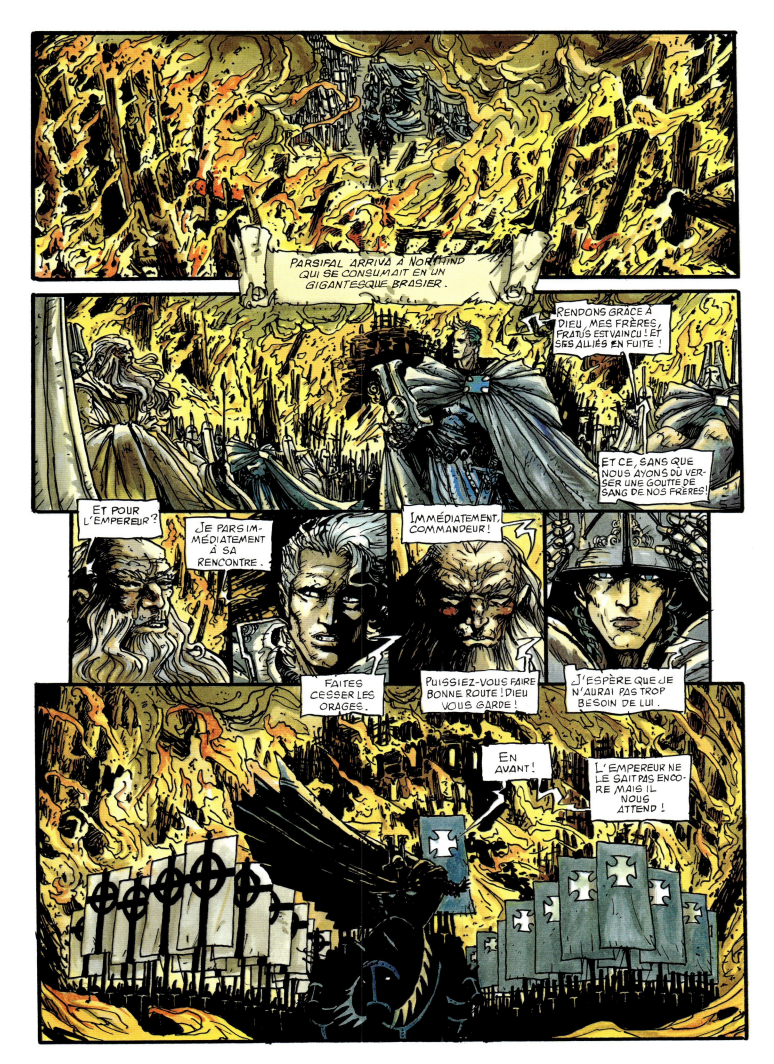

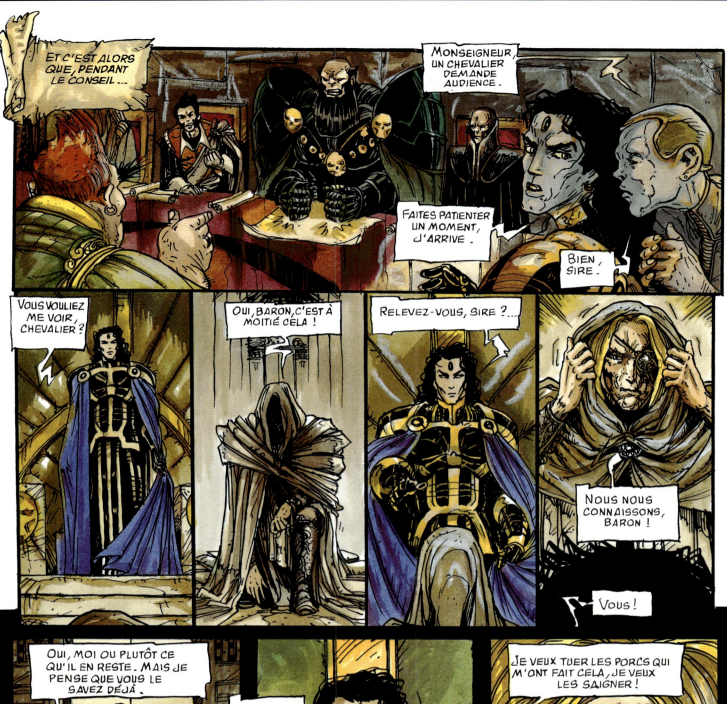

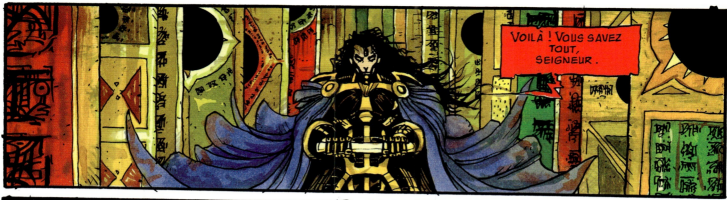

LE MONDE DES CHRONIQUES DE LA LUNE NOIRE

Dargaud éditeur

CHRONIQUES DE LA LUNE NOIRE

Scénario : FROIDEVAL • Dessin : LEDROIT
Le Signe des ténèbres
Le Vent des dragons
La Marque des démons
Quand sifflent les serpents
La Danse écarlate

Scénario : FROIDEVAL • Dessin : PONTET
Couvertures : LEDROIT
La Couronne des ombres
De vents, de jade et de jais
Le Glaive de justice
Les Chants de la négation
L'Aigle foudroyé
Ave Tenebrae
La Porte des Enfers
La Prophétie
La Fin des temps

LES ARCANES DE LA LUNE NOIRE

Scénario : FROIDEVAL • Dessin : LEDROIT
Ghorghor Bey

Scénario : FROIDEVAL • Dessin : ANGLERAUD
Couverture : LEDROIT
Pile-ou-Face

Scénario : FROIDEVAL • Dessin : TACITO
Couverture : LEDROIT
Parsifal

METHRATON

(3 Tomes)
Scénario : FROIDEVAL • Dessin : DRUET – Albin Michel

Par le scénariste des Chroniques de la Lune Noire
FATUM – Scénario : FROIDEVAL • Dessin : FRANCARD – Dargaud
ANAMORPHOSE – Scénario : FROIDEVAL • Dessin : FRANCARD – Dargaud
ARKHANGES – Scénario : FROIDEVAL • Dessin : GUINEBAUD – Albin Michel
HYRKNOSS – Scénario : FROIDEVAL • Dessin : ARINOUCHKINE – Casterman
ATLANTIS – Scénario : FROIDEVAL • Dessin : ANGLERAUD – Glénat
NEXUS – Scénario : FROIDEVAL • Dessin : BOURNAY – Glénat
LEX – Scénario : FROIDEVAL • Dessin : COLLIGNON – Glénat
SUCCUBUS – Scénario : FROIDEVAL • Dessin : PONTET – Glénat
666 – Scénario : FROIDEVAL • Dessin : TACITO – Glénat
6666 – Scénario : FROIDEVAL • Dessin : TACITO – Glénat
MENS MAGNA – Scénario : FROIDEVAL • Dessin : SOREL – Soleil

Par le dessinateur des des Arcanes de la Lune Noire – Parsifal
666 – Scénario : FROIDEVAL • Dessin : TACITO – Glénat
6666 – Scénario : FROIDEVAL • Dessin : TACITO – Glénat
CLAUDIA CHEVALIER VAMPIRE – Scénario : MILL'S • Dessin : TACITO – Nickel
DEAD HUNTER – Scénario et Dessin : TACITO – Zenda
MAGIKA – Scénario : TACITO • Dessin : ANGLERAUD – Zenda